PAUL LABORDE

D'HONNEUR DE LA MUTUALITÉ DES ŒUVRES OUVRIÈRES DE MOULINS

TRÉSORIER HONORAIRE DE LA CAISSE DE CHOMAGE DE MOULINS

I0639100

ALLONS

AU

PEUPLE !

Prix : O fr. 60

Chez J. Santo, 131, rue de Vaugirard, Paris

MOULINS

IMPRIMERIE ÉTIENNE AUCLAIRE

ANCIENNE MAISON CH. DESROSIERS

1912

ALLONS AU PEUPLE !

PAUL LABORDE

PRÉSIDENT D'HONNEUR DE LA MUTUALITÉ DES ŒUVRES OUVRIÈRES DE MOULINS

TRÉSORIER HONORAIRE DE LA CAISSE DE CHOMAGE DE MOULINS

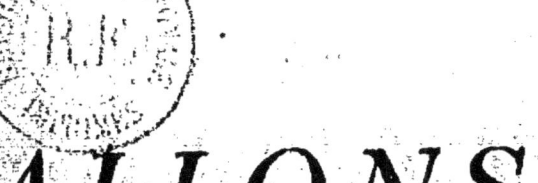

ALLONS

AU

PEUPLE !

Prix : 0 fr. 60

MOULINS

IMPRIMERIE ÉTIENNE AUCLAIRE

ANCIENNE MAISON CH. DESROSIERS

1912

AVANT-PROPOS

Quand un homme, que l'exercice de sa profession a mis en rapport avec toutes les classes de la société, a atteint l'âge du repos, et que sa mémoire n'a pas dit son dernier mot, il remonte, par la pensée, le cours de son existence, et à chaque tournant du chemin parcouru des réflexions lui viennent : Ici, c'est bien ce qu'il fallait faire ; là, on aurait dû agir autrement. Sans doute, mais.. on ne savait pas. — Il est donc charitable de faire profiter ceux qui ne savent pas d'une expérience acquise, cette chose précieuse entre toutes qu'on n'achète pas, même à prix d'or, mais qu'on gagne petit à petit en vivant de bons, et plus souvent encore, de mauvais jours.

De tout ce que j'ai vu, entendu, remarqué, il ressort qu'un fâcheux antagonisme latent existe entre la bourgeoise et le peuple, sans que rien ne soit positivement ni intentionnellement fait pour l'entretenir, mais parce qu'on croit, de part et d'autre, que c'est comme cela, que cela restera ainsi, et qu'il n'y a rien à faire pour en empêcher.

Quelle erreur !

Si, sous ce rapport, je me suis permis d'exprimer mon sentiment sur certains torts, je n'ai pas manqué de mettre en relief, et avec le plus grand plaisir, les cas où la justice sociale était observée.

A un point de vue général et social, combien j'ai vu faire, en m'y associant moi-même dans certains cas, d'efforts vraiment louables ayant avorté parce qu'on n'avait pas avec soi cette force qu'est le peuple.

On a tort de croire qu'il suffit parfois à un état-major, quelque honorable et capable qu'il soit, d'agiter un drapeau pour être suivi. La première chose à faire est de recruter d'abord, unité par unité au besoin, le corps d'armée à entraîner, travail de patience et d'abnégation, mais travail chrétiennement social. C'est par là qu'il faut commencer pour réussir : Aller au peuple !

Y a-t-il utilité et opportunité à développer cette idée ?

C'est au lecteur d'apprécier.

Paul LABORDE,

Président d'honneur
de la Mutualité des Œuvres ouvrières de Moulins.
Trésorier honoraire
de la Caisse de Chômage de Moulins.

Bourg (Ain), 19 Février 1912.

Allons au Peuple !

Oui, allons au peuple ! Le problème de la vie envisagé parmi les hommes, autrement dit la question sociale tant de fois agitée et jamais résolue parce qu'elle est le plus souvent mal posée, l'exige de plus en plus.

En vertu de quel principe est-il possible de la résoudre ? Au nom de la philanthropie, du solidarisme penseront sans doute quelques-uns ; non. La philanthropie porte bien ceux qui y sont enclins à servir l'humanité par le seul mouvement de leur bonne nature, mais sans aller jusqu'à l'abnégation ou à la souffrance. D'autre part, le solidarisme implique une sorte de convention tacite entre ses adeptes par laquelle chacun veut bien se prêter à soutenir les autres, mais à la condition d'en être soutenu soi-même ;

1

donnant, donnant ; rien pour rien ; par suite absence de désintéressement dans le dévouement.

Ces doctrines sont trop incomplètes pour résoudre la question sociale ; une seule renferme tout ce qu'il faut pour cela, parce qu'elle ajoute à ce que la philanthropie ou le solidarisme ont de louable mais d'incomplet, l'essence de la fraternité humaine qui leur manque, c'est celle du catholicisme.

Allons donc au peuple 1 nom du catholicisme. C'est dire que si cet appel s'adresse à tous, c'est plus particulièrement aux catholiques. C'est pour eux plus qu'une question d'intérêt, c'est un devoir. C'est à eux d'aller au peuple pour le bien ; les autres y vont assez, ou plutôt n'y vont que trop pour le mal. Il y a, à l'heure actuelle, une œuvre de régénération sociale à accomplir ; c'est aux catholiques qu'elle incombe, parce que seuls ils disposent de la force morale nécessaire pour fortifier ce qui existe de bien, relever ce qui est tombé, abattre ce qui est injuste.

Il est inutile d'insister sur l'existence du mal social, autrement dit du désaccord social dont nous souffrons et d'où est née la question sociale ; il est plus à propos de remonter à l'origine de ce mal, afin d'en trouver le remède.

Sous ce rapport, que d'auteurs et de sociologues se sont perdus en dissertations de tous genres, alors qu'il était si simple de reconnaître que le désaccord social a pour cause première l'oubli de notre commune origine. Les catholiques se la rappellent pourtant, au moins mentalement, chaque jour, — distraitement aussi pour le plus grand nombre, — quand, priant Dieu, ils disent : « Notre Père, qui êtes aux cieux. » Ils se reconnaissent par là enfants d'un même père, et, si cette reconnaissance se traduisait par les actes qu'elle comporte, le remède au mal social serait vite appliqué.

Il n'existait pas de question sociale entre les premiers chrétiens parce qu'ils vivaient dans une complète fraternité. Sans doute, un état aussi parfait était difficile, ou plutôt impossible à maintenir entre les chrétiens devenus nombreux et répandus peu à peu dans toutes les nations ; mais si de cet accroissement du nombre des catholiques et de leur dispersion est résultée forcément une distension des liens qui les unissaient au début, il aurait fallu néanmoins éviter leur rupture complète. Elle a eu lieu assez naturellement, par suite de la distinction des classes qui se sont établies entre les hommes suivant les conditions dans lesquelles ils se sont rangés par suite d'une foule de circonstances où l'esprit d'initiative et l'intelligence d'une part, trop souvent aussi la force ou l'égoïsme d'autre part, ont favorisé les uns plus que les autres. De là, ces barrières séparatives des classes et au renversement desquelles s'essaie la classe la plus mal partagée et la plus nombreuse, c'est-à-dire le peuple. C'est là le principal nœud de la question sociale.

Le peuple est cette masse d'hommes qui se livrent à des travaux manuels de tous genres, pour subvenir à leurs besoins et à ceux de leurs familles et qui se croient souvent à tort ou à raison, selon les cas, victimes de l'indifférence, de la dureté des classes supérieures qui, pourtant, ont besoin d'eux, comme les travailleurs eux-mêmes ont besoin de ceux qui possèdent et peuvent leur procurer de l'ouvrage, car — c'est un point de vue perdu trop souvent — nous avons tous besoin les uns des autres, et, par suite, nous devrions, en raison de notre commune origine, vivre dans une harmonie sociale de sympathie, de justice et de paix.

Ce point de vue a été rappelé dernièrement fort à propos en présence d'un grand architecte qui, parlant de la cathédrale de Bourges, disait : « On est étonné qu'il y ait eu des hommes assez hardis pour entreprendre et mener à bonne fin un travail dans d'aussi vastes proportions » ; puis, ses éloges de connaisseur émérite allaient à l'architecte qui en avait conçu le projet et aux artistes, sculpteurs, peintres-verriers et autres, qui l'avaient ornée, décorée. « — Vous oubliez, lui dit son interlocuteur, les autres corporations ouvrières auxquelles on doit également l'édification du monument qui fait l'objet de votre appréciation d'artiste ; eh bien, moi je pense aussi aux bûcherons inconnus ayant préparé les bois employés au colossal échafaudage qu'il a fallu et aussi aux modestes gâcheurs de mortier qui ont aidé à poser les assises de ce magnifique monument et sans lesquelles nous n'en admirerions pas le faîte. »

❖ ❖ ❖

Oui, nous avons besoin les uns des autres. Par suite de ce besoin d'aide mutuelle, il serait nécessaire d'établir un ordre compensatif entre toutes les classes de la société, chacun restant dans sa sphère d'action, à son rang social, mais tous unis néanmoins par la fraternité chrétienne, seule capable de corriger sans révolution sociale, mais par une révolution morale, le fait des inégalités naturelles qui existeront toujours entre les hommes.

L'obstacle à cette union a pour cause, en grande partie, certains préjugés, fruits d'une éducation faussée reçue par les membres des classes élevées, chez les catholiques comme chez les autres, et qui les habitue à croire qu'ils sont vraiment d'une autre essence que les gens du peuple. Sous ce rapport, les enseignements de Notre-Seigneur Jésus-Christ sont absolument oubliés. Il est de bon ton, chez beaucoup, d'ignorer le peuple, et ce serait pour eux s'abaisser que d'avoir pour lui quelques égards.

Parce que des gens du peuple manquent à leurs devoirs, des personnes, plus hautaines que

distinguées, se croient en droit de généraliser et
de penser que le peuple, dans son ensemble, ne
mérite que l'indifférence, sinon le mépris mitigé
de pitié. C'est une erreur. Il y a des gens peu
honorables dans toutes les classes de la société
et, chez le peuple comme en haut lieu, on trouve
des natures franches et généreuses, même des
natures d'élite qui ne sont pas que le fait d'excep-
tions. Combien de fois n'a-t-on pas vu des ménages
d'ouvriers chargés de famille offrir asile, au prix
de la gêne matérielle et pécuniaire, à des enfants
d'ouvriers voisins tombés malades. A la campagne, où les cheminots, pas toujours intéressants
cependant, trouvent-ils le soir un abri pour la nuit
et une tranche de pain ? Chez des cultivateurs
qui vivent le plus souvent au jour le jour.

Comme mise en relief de la nature d'élite d'un
enfant du peuple, voici un trait touchant.

Un malheureux, perclus de tous ses membres
et logé dans un taudis infect, au fond d'une cour,
était secouru toutes les semaines par un visiteur
compatissant.

On pénétrait dans ce taudis par une porte vitrée. Le visiteur constata qu'une vitre de cette
porte manquant, et les locataires de l'étage supé-
rieur jetant sans soin leurs eaux ménagères dans
la cour, une partie de ces eaux, passant par le
vide de la vitre cassée, pénétrait dans le taudis
qui n'avait pourtant pas besoin de ce surcroît de
malpropreté pour être répugnant.

Le visiteur dit à son vitrier de remplacer la vitre cassée, et, cela fait, s'en fut la payer. « — Elle est payée, dit le vitrier. » « — Vous avez donc payé le vitrier, dit ensuite le visiteur à son pauvre. — Hélas ! Monsieur, avec quoi l'aurais-je payé ? Je n'ai rien. » Retour du visiteur chez le vitrier et lui disant : « — Vous avez fait erreur, on ne vous a pas payé la vitre. — Mais si, répartit le vitrier » ; puis ouvrant la porte du fond de son magasin qui donnait sur une cour où travaillait un apprenti d'une quinzaine d'années : « — Jean, dit-il, on t'a bien payé la vitre, rue de la Levée. — Oui, oui, répondit l'apprenti, sans se retourner. — Alors je n'y comprends rien », dit le visiteur en se retirant.

Il n'avait pas fait cinquante pas dans la rue, qu'il fut rejoint par l'apprenti qui l'implora en ces termes : « — Monsieur, ne m'en voulez pas, mais quand j'ai vu si pauvre l'homme chez qui je suis allé, cela m'a fait tant de peine que j'ai payé la vitre au patron en rentrant, sans lui dire que c'était avec mon argent. — Mais, mon ami, c'est moi qui ai commandé la vitre et qui dois la payer, je vais vous rembourser. — Non, Monsieur, ne parlons pas de ça, reprit l'apprenti, laissons les choses comme elles sont ; seulement, je vous en prie, ne le dites jamais au patron. » Il s'en fut en courant, laissant le visiteur vivement ému.

Une classe sociale chez laquelle on peut puiser

de semblables exemples est on ne peut plus intéressante, et en allant à elle franchement, on peut en provoquer d'autres chez les meilleurs, stimuler beaucoup d'indifférents et ramener beaucoup d'égarés.

◆ ◆ ◆

Je vais au peuple, diront des personnes de bonne foi : je fais l'aumône aux pauvres. Le peuple, heureusement, n'est pas composé que de pauvres. Le pauvre est un blessé social en marge des cadres où se meut le monde du travail. Juger le peuple par la masse des pauvres serait s'en faire une idée fausse. Sans doute, c'est un devoir de secourir l'indigent, mais c'est un devoir aussi de s'intéresser au travailleur ayant à cœur de ne demander qu'au produit de son labeur sa subsistance et celle des siens. On doit le remplir au nom de la justice sociale, car elle est violée quand l'ouvrier travaillant loyalement à la sueur de son front ne gagne pas son pain suffisamment ; c'est son dû, il le préfère à un don et il a raison ; on doit même lui faciliter la conquête de l'aisance lorsqu'il s'efforce de l'obtenir.

En bien des cas, cependant, un juste salaire suffit à peine à des ouvriers laborieux chargés de famille. Ne disons pas d'eux : Qu'ils se débrouillent ! Suppléons à cette insuffisance de salaires par le bienfait des associations de prévoyance de tous genres plutôt que par l'aumône. Cherchons autant que possible en pareil cas à relever les salaires ; c'est du reste le vœu qui a été émis au congrès de la semaine des catholiques de Vendée qui s'est tenu à La Roche-sur-Yon le 12 novembre 1910.

Les catholiques de Bergame (Italie) n'ont pas attendu l'émission de ce vœu pour prouver que sa réalisation est possible. En vue de l'amélioration morale et économique de la classe ouvrière, ils ont créé des associations de tous genres fonctionnant admirablement : mutualités, banque populaire, coopératives, union catholique agricole, maison du peuple, etc. (Voir la brochure de Pierre Sylvestre, publiée par l'*Action populaire* : *Le Catholicisme social pratique à Bergame, Italie.*)

Beaucoup pensent qu'occuper l'ouvrier quand on en a besoin, et le payer ensuite, c'est faire strictement ce que l'on doit. Non, il y a mieux. Un proverbe dit que la façon de donner vaut mieux que ce que l'on donne ; il en est de même de la façon d'employer l'ouvrier. S'il ne se plaint pas ouvertement d'être traité le plus souvent comme une machine, il ne le sent pas moins. Il est ombrageux, ayant été souvent trompé, même exploité. Beaucoup de griefs, dit M. H. Masquelier, chanoine honoraire de Cambrai, résultent plus souvent de cette disposition que de faits réels ; alors une parole franche, cordiale, simple, sincère, peut écarter ces préventions, sinon l'ouvrier se replie sur lui-même et il est alors on ne peut mieux disposé à prêter l'oreille au pire des politiciens qui lui fait espérer de se venger de la classe bourgeoise.

Ce n'est point qu'il aime tant que ça le politicien, ce n'est pas qu'il croit à toutes ses promesses, car il est encore à attendre qu'un de ces millionnaires, prôneur fameux du socialisme ou du collectivisme, sacrifie sur l'autel de ces prétendues divinités sociales une parcelle de sa fortune, mais il marche à sa suite, parce que cela embêtant le bourgeois qui le méprise, il croit s'en venger, sans remarquer qu'il va au-devant des dangers de la dépendance de l'Etat.

Le peuple en a gros sur le cœur, et quand il est en veine de confidences, c'est avec amertume qu'il les fait.

« — Tiens, disait un jour un ouvrier, on voit bien que les élections approchent, les bourgeois nous saluent. Ils ne nous connaîtront plus le lendemain ; et ils croient que nous voterons pour leur candidat ? Ils attendront longtemps. »

Dans un séminaire, où on construisait un nouveau corps de bâtiment, un tailleur de pierres était occupé dans la cour alors qu'il faisait froid. Un des professeurs, sa classe terminée, passant près de lui, pour se rendre à sa chambre, lui dit : « — Vous devez avoir froid, venez donc prendre un air de feu chez moi. » L'ouvrier ne se le fit pas dire deux fois, et en étirant ses doigts

glacés devant le feu de l'abbé, il dit : « — Au moins
« vous, vous n'êtes pas comme M. X... Par une
« journée glaciale, je travaillais dans sa cour : de
« temps en temps il sortait de sa maison bien
« chauffée et me disait en passant : Hein, il ne fait
« pas chaud ! Ah ! le c..., il ne m'a pas offert
« d'entrer pour me chauffer. » De là, une tirade
fielleuse sur le mépris du bourgeois pour l'ouvrier.

Ces deux faits pris sur le vif entre tant d'autres
semblables ou ayant des causes différentes qu'il
serait facile de citer, suffisent pour mettre sur la
voie du désaccord social latent, exploité si facilement par tant d'ambitieux.

Que faire utilement ?

Il serait injuste de dire qu'actuellement il ne
se fait rien en ce sens.

Quoi de plus intéressant qu'un programme de
Semaine sociale où les orateurs les plus goûtés,
les hommes d'œuvres les plus compétents et les
plus dévoués apportent le concours de leur éloquence et de leur expérience à l'exposé et à la
discussion des questions les plus palpitantes d'intérêt et d'opportunité pour le mieux-être des classes populaires, depuis le logement jusqu'au sa-
lariat, toutes également basées sur la justice sociale, et surtout chrétienne, dans toutes ses mul-
tiples applications : production, échange, con-
currence, etc.

Les congrès diocésains ou cantonaux ne sont

pas moins intéressants ; aussi les réunions des comités paroissiaux ; également celles des cercles d'études. Il s'y fait un bon et beau travail moral, car rien de solide et de durable ne peut réellement se fonder en dehors des enseignements qu'on cherche à y promouvoir, le vrai progrès étant le règne de Dieu.

Mais, qui donc fréquente ces réunions ?

Ce n'est malheureusement pas la masse des travailleurs aigris contre la société, ce sont surtout des gens convertis déjà aux idées qui y sont émises, mais y apprenant néanmoins les meilleurs moyens de les mettre en pratique. L'assistance à ces réunions est de fait un auditoire d'élite qui y augmente ses connaissances sociales et perfectionne celles qu'il avait déjà.

Là, cependant, ne doit pas se borner le rôle des membres privilégiés de ces réunions ; ils ont ensuite le devoir de propager les enseignements sociaux qu'ils y ont puisés par la parole et par l'action, car un groupe d'élite dont les membres ne feraient que se perfectionner eux-mêmes, ne suivrait pas complètement les enseignements de Notre-Seigneur Jésus-Christ, ainsi que doit le faire tout bon catholique. Au soir de la Cène, n'est-il pas allé, le divin Maître, jusqu'à laver les pieds de ses disciples en leur disant : « Vous devez vous laver les pieds les uns aux autres. » Quel exemple !... Et quel enseignement sur les

services, au moins spirituels, que nous devons
nous rendre mutuellement.

●　●　●

Notre-Seigneur Jésus-Christ a bien formé un
groupe d'élite dans la personne de ses apôtres,
mais il ne leur a pas dit de se confiner dans leur
perfectionnement personnel. Il leur a dit : « Allez
et enseignez ! » Il ne leur a pas dit : « Attendez
qu'on vienne à vous. » Non. « Allez partout où
il y a un homme à éclairer, un homme à moraliser, un homme à soutenir dans la lutte pour la
vie. » Dans l'inconscient travail d'une société qui,
malgré le fléchissement des croyances et le dé-
sarroi des idées, peut et doit se relever, soyons
apôtres nous-mêmes, missionnaires laïques et sociaux, et usons de l'avantage que nous avons sur
les anticatholiques en pouvant dire : « Non seulement faites ce que nous disons, mais faites
comme nous faisons. »

Quels sont les meilleurs moyens de remplir
cette mission ?

Les réunions publiques ou privées, les confé-
rences où des orateurs de talent soulèvent l'en-
thousiasme de leur auditoire ont du bon, mais il
faut compter avec notre légèreté, les impressions
les meilleures ne s'effaçant que trop rapidement.
La diffusion des bons journaux, des tracts intéressants, est à propos, quand ils sont lus, car

c'est un rappel constant, journalier, aux bons principes, mais il ne faut pas mettre uniquement sa confiance dans le livre, l'imprimé ; l'idée qu'il véhicule sera tronquée si elle n'est pas secondée par l'action, et surtout l'action individuelle.

« Pour atteindre l'âme du peuple, il faut passer par le corps », a dit Mgr Lobbedey dans un des congrès diocésains qu'il présidait avec une incomparable autorité et une éloquence si entraînante, alors qu'il était évêque de Moulins. C'est-à-dire allons au peuple et gagnons sa confiance en lui rendant d'abord des services matériels, individuellement, unité par unité. Il faut tenir compte des exigences de la nature humaine, surtout lorsqu'elle est déchristianisée (et se rapproche par là de celle de la brute). Son premier besoin étant de faire plusieurs repas par jour, aidons-lui à le satisfaire et nos bonnes paroles auront plus de chance d'être écoutées une fois sa faim calmée. A cela ajoutons un bon procédé, un témoignage de sympathie sinon d'affection : « Penchez-vous miséricordieusement sur ceux qui souffrent », dit M. Louis Durand dans l'*Esprit des Œuvres Sociales*, « apportez-leur un secours « et, parce qu'il n'y a pas de souffrances maté- « rielles qui ne soient doublées d'une souffrance « morale, donnez, avec un secours, un peu de « votre cœur et complétez la justice par la pi- « tié. » — Si quelquefois vous rencontrez un être méchant ou sans cœur — il s'en trouve, ne ren-

dant pas le son du sacrifice, — passez sans vous
rebuter, car en agissant ainsi vous aurez fait du
bien. Ne le faites pas qu'une fois par hasard,
mais chaque fois que l'occasion se présentera ;
bien mieux, provoquez cette occasion. Le peuple
est à qui s'occupe de lui, surtout lorsqu'on lui apporte cette chose si bonne — attendue en vain
d'autre part — et qui a nom « l'amitié ». Beso-
gnons et Dieu donnera la victoire.

● ● ●

Aller au peuple ainsi, c'est, après tout, exercer
la charité chrétienne envers son prochain. Certainement tous ses membres ne sont pas aima-
bles et cela répugne à notre nature, mais tous les
devoirs à remplir ne sont pas uniquement agréa-
bles, il ne faut pas moins les accomplir et en
premier lieu celui de reprendre une place prépondérante dans la société par l'apostolat religieux et social, car ce qui nous manque, c'est une
formation catholique.

Un jeune homme plein de dévouement et appar-
tenant à l'aristocratie se rendit un jour chez un
homme d'expérience et lui dit : « — J'ai l'intention
de m'occuper du peuple, de faire quelque chose
pour lui en fondant une association économique
destinée à lui rendre service, mais j'hésite parce
qu'autour de moi j'entends dire que, dégoûté
avant peu par l'ingratitude du plus grand nom-

bre, je n'arriverai à rien ; je fais appel à votre
expérience afin d'être conseillé en cela.

« — Permettez-moi tout d'abord, lui fut-il ré-
pondu, de vous féliciter de votre généreuse intention. Si je vous disais qu'en la mettant à exécu-
tion vous serez payé par tous de reconnaissance,
je ne parlerais pas franchement, mais la masse
vous sera reconnaissante ; laissez-moi ajouter
qu'elle le sera d'autant plus, et que l'association
en projet prospérera d'autant mieux, qu'elle sera
basée sur la fraternité chrétienne. »

Récemment dans une grande réunion de mutualités où j'étais, un conférencier dévoué, impar-
tial même, crut devoir dire : « Quand vous entrez
dans une mutualité quelconque, ayez soin de lais-
ser au vestiaire vos opinions politiques ou religieuses. » Sans doute il faut éviter en pareil cas
les discussions politiques ou religieuses, mais
mettre son catholicisme sous le boisseau, non.
Quelques mois plus tard, j'assistais à une autre
réunion du même genre. Un président, auquel
on demanda des détails sur la marche de sa société, se plaignit qu'elle était en déficit parce
qu'elle comptait trop de carottiers. — C'est
parce qu'ils ont laissé au vestiaire l'honnê-
teté découlant du Décalogue, me suis-je dit :
« — Monsieur, repris-je, fondez votre association,
quelle qu'elle soit, en y mettant le catholicisme à
la base, vous vous en trouverez bien ; la devise
du Pape Pie X n'est-elle pas : *Instaurare omnia*

in *Christo* ; instaurer toute chose dans le Christ ? »

En effet, l'association fonctionne ainsi depuis, et prospère.

« — Si les bourgeois savaient ce qu'on peut faire de l'ouvrier avec une poignée de main donnée à propos et un verre de vin offert quand il peine », disait un entrepreneur connaissant bien la classe ouvrière, « ils en useraient tous, alors que quelques-uns seulement le font ! » Cela n'implique pas l'obligation pour le bourgeois de vivre de la vie de l'ouvrier et de fréquenter les cabarets avec lui ; au contraire, car si l'ouvrier apprécie une aimable condescendance, il méprise une flagornerie. — Quand les catholiques qui tiennent la tête de la société auront, par leurs bons procédés d'homme à homme, amené ceux qui, à cette heure, sont contre eux, à dire : « Décidément les catholiques sont nos vrais amis », le problème social sera résolu. On se plaint de l'ignorance religieuse qui domine en France à l'heure actuelle, c'est moins de cette ignorance que vient le mal que de la disparition progressive de la foi dans les masses. Exerçons sur cette masse un rapprochement social où les bienfaits de la foi seront mis sans cesse en pratique dans nos rapports réciproques et nous la verrons renaître, car la vérité ne doit pas seulement être proclamée, elle doit être défendue.

Dans cet ordre d'idées, il est un point que les membres des classes supérieures perdent trop de vue, c'est de relever aux yeux de l'ouvrier sa propre dignité en l'associant à leurs œuvres sociales. Combien de comités de tous genres ont été et sont encore constitués dans les buts les plus excellents, mais qui sont uniquement composés de bourgeois, évitant ainsi, avec ou sans intention, en tout cas apparemment, de faire brèche en cela à la barrière séparative des classes sociales. Le peuple, le plus souvent en parlant de ces comités, dit : « Ce sont les comités de ces messieurs. » Et comme on l'en excepte, il se désintéresse du but qu'ils poursuivent.

Pourquoi, lors de l'expulsion des congrégations religieuses, les manifestants n'avaient-ils pas le peuple avec eux ? Parce qu'ils l'avaient tenu à l'écart de leurs comités de défense de ces congrégations. Une œuvre, quelle qu'elle soit, fût-elle la meilleure de toutes, tant au point de vue religieux qu'au point de vue social, ne peut atteindre réellement le peuple que si, préalablement, on a su l'intéresser à sa direction. Il ne faut pas que cette œuvre soit uniquement celle de quelques bourgeois, même les mieux intentionnés, il faut associer le peuple à sa fondation et le faire représenter dans le comité créateur ou directeur par quelques-uns de ses membres, auxquels il sera permis de prendre part aux discussions en toute liberté et de donner des avis marqués le plus souvent au coin du bon sens ; que surtout ils ne soient pas traités en quantité négligeable comme cela a lieu dans certains comités, où exceptionnellement quelques-uns sont admis.

Dans une ville où certains marchands de journaux exposaient aux vitrines de leurs kiosques les dessins les plus obscènes, un comité s'était formé pour réagir auprès de l'autorité contre cette malsaine exhibition. Un membre observa que le peuple y étant particulièrement intéressé, il serait à propos de faire entrer des ouvriers dans ce comité. En effet, un maçon et un charpentier furent convoqués et, à la première réunion, le maçon dit avec raison : « — Messieurs, « notre place était tout indiquée parmi vous, car « nos enfants étant forcément moins surveillés que « les vôtres sont, plus qu'eux, exposés à rôder « autour des kiosques et à se corrompre l'esprit « et le cœur. » En même temps il se sentait honoré et reconnaissant de la place qu'on lui avait faite et qu'il se montrait à même d'occuper.

Si les bourgeois s'étaient efforcés de relever le moral du peuple en lui tendant la main, peut-être que beaucoup d'ouvriers ne seraient pas tentés comme ils le sont d'oublier, dans la fréquentation du cabaret et de ses suites, le sentiment de leur dignité d'homme et de chrétien. Legouvé disait avec raison : « L'homme, pour marcher au bien « a autant besoin d'être encouragé que réprimandé, réconcilié avec lui-même que sévère « à lui-même. »

L'application sociale de cette parole si profon-

dûment vraie, — car pour beaucoup la répri-
mande n'est devenue nécessaire que parce que
tout encouragement au bien leur a manqué, —
dépend uniquement de l'observance de la loi divine de fraternité qui devrait être le mobile et la
règle de nos actions.

C'est donc aux catholiques qu'il appartient
d'agir sous ce rapport, car il n'y a rien à attendre
de l'Etat dont les prétentions sociales s'affirment
surtout en chassant Dieu de partout. Malheureusement. par une inconséquence qui ne s'explique
guère, le plus grand nombre d'entre eux croit
avoir satisfait amplement à la loi de fraternité
par le seul moyen de l'aumône.

Certes, l'aumône est méritoire, mais elle n'atteint nos semblables que lorsqu'étant tombés, ils
sont obligés de la solliciter. Elle n'apporte donc,
alors, qu'une réparation bien souvent tardive, et
à quel point incomplète, à un mal matériel ac-
compli qu'il eût été mieux d'empêcher, et doublé
en même temps d'un mal moral, car l'un ne va
guère sans l'autre.

Combien il serait préférable de chercher à pré-
venir cette douloureuse extrémité, ces chutes dé-
courageantes, en employant les réserves desti-
nées à l'aumône à créer et à entrenir des œuvres
de prévoyance sociale capables de soutenir
l'homme dans la lutte journalière qu'est la vie,
et de l'y encourager au bien en le réconciliant
avec lui-même, selon Legouvé. Il sera toujours

temps de recourir ensuite à l'aumône pour ceux que le malheur ou leur faute auront empêchés d'y répondre.

Allons donc au peuple sans attendre que sa dignité soit atteinte ; mettons alors notre main dans la sienne à titre d'encouragement au bien, et n'y laissons tomber l'obole de l'aumône que si ce premier geste cordial est demeuré sans effet.

❂ ❂ ❂

M. de Mun a jeté, dans l'*Echo de Paris* en 1911, ce cri de découragement : « Non, ce n'est « pas l'heure de la justice qui trouble mon âme, « c'est la douleur de l'impuissance. Quand on a « voulu, durant toute une longue vie, sincère- « ment, loyalement, en combattant l'égoïsme d'en « haut, en conjurant les colères d'en bas, travail- « ler à la paix sociale, il est cruel d'assister au « déchaînement de la barbarie. Et nous en som- « mes là. »

Le grand orateur qu'est M. de Mun a cru de- voir susciter des phalanges d'élite au moyen d'une sélection faite parmi les meilleurs, et les grouper dans une sorte d'orthodoxie étroitement personnelle, laissant soupçonner toutefois une arrière-pensée politique inavouée mais suffisam- ment apparente pour qu'elle ait retenu nombre de catholiques d'aller à lui. N'eût-il pas mieux fait de fonder des associations largement ouvertes, sans arrière-pensée, à des catholiques éprouvés, oui, mais sociaux aussi, fermement résolus de s'adonner individuellement, autour d'eux, à ramener des égarés. Peut-être, alors, n'assisterions-nous pas autant que cela au déchaînement de la barbarie qu'il déplore ? C'est un point d'interrogation qu'il est permis de se poser.

Ne soyons donc pas exclusifs. Sans faire aucune concession sur la doctrine catholique, ayons dans nos idées, dans nos actions, une certaine largeur de vues, afin d'attirer à nous tant de gens du peuple qu'un exclusivisme borné en tient éloignés.

Ainsi, un jeune catholique intelligent et dévoué, membre d'un cercle d'études, ayant été entraîné à faire partie d'une œuvre essentiellement économique où se coudoient des catholiques et des indifférents, disait : « A quoi bon des associations « de ce genre, nous ne devrions jamais faire par- « tie que de celles qui sont purement catholi- « ques. »

Remarquez, lui répondit-on, qu'au contact que vous n'approuvez pas, où, après tout, la religion n'est pas mise en cause, les catholiques ont l'occasion de faire apprécier par des indifférents les bienfaits de la fraternité chrétienne, à tel point que dans l'association dont ils font partie avec vous, leur indifférence en matière de religion est fortement en baisse. C'est un résultat qui s'accentuera graduellement, et, en cela, les catholiques ne font qu'imiter leur Maître qui se mêlait au

peuple, non pour sauver les justes, mais les pé-
cheurs.

Ozanam avait raison de dire : « Combien il se
fait de mal dans le monde par l'inconséquence des
gens de bien ! »

Disserter sur cette matière, c'est quelque chose :
mais citer des faits est préférable.

Drumont, dans une polémique avec Brune-
tière, paraît-il, soutint qu'il y avait dans les faits
divers d'une feuille quelconque souvent plus de
substance dramatique que dans d'illustres tra-
gédies et plus de clartés répandues sur la société
que par de gros traités d'économie politique. De
même, quelques citations de faits sociaux pris sur
le vif dans des milieux populaires sont plus éloquentes, pour faire toucher du doigt la question
sociale, que les considérations abstraites les
mieux raisonnées et les mieux écrites sur ce sujet.

Suivons l'avis de Drumont et multiplions ces
citations au cours de cette étude. En voici une,
entre autres, d'un réel intérêt.

Dans un chef-lieu de département, un petit
groupe d'hommes cherchaient, sans y parvenir,
le moyen de tenter un rapprochement social avec
le peuple. Quelqu'un de très avisé leur dit :
— « Messieurs, pour cela, il n'y a qu'à aller
bonnement trouver le peuple chez lui.

— Chez lui ! De quelle façon ?

— Allez dans les cabarets, mais dans certaines
conditions. Louez pour un soir la salle d'un ca-

baretier, convoquez-y les ouvriers du quartier et parlez-leur paix sociale, action sociale, à l'exclusion de toute politique, et vous serez compris. Faites cela dans tous les quartiers de la ville, vous obtiendrez certainement un résultat. »

La chose fut faite. Le groupe initiateur se mit à l'œuvre, comptant sur l'éloquence très goûtée d'un avocat qui en faisait partie. A la première réunion, les assistants se tinrent en observation. Cela se comprend, ils n'étaient pas habitués à ce nouveau langage dont était bannie la politique ; néanmoins quelques ouvriers, ayant compris le but poursuivi, s'attachèrent au groupe et firent la campagne tout un hiver avec lui dans divers cafés et cabarets de la ville. Aux côtés de l'avocat quelques autres membres prenaient la parole.

Par extraordinaire, l'un de ces membres se trouva seul de son groupe à l'une des réunions. Pressé, quoique n'ayant rien de l'orateur, d'y aller d'une allocution, il s'exprima simplement, à peu près en ces termes : « — Messieurs, vous « devez vous demander pourquoi vous avez été « convoqués ici, je vais vous le dire : Vous n'i- « gnorez pas qu'il existe entre les bourgeois et les « ouvriers une sorte d'antagonisme perfidement « entretenu par ceux qui ont intérêt à jeter la « division entre les hommes. Quand nous passons « dans la rue les uns à côté des autres, ne nous « connaissant pas, nous ne nous saluons pas ;

« n'empêche que quelquefois j'ai dû être croisé
« par quelques-uns d'entre vous, qui peut-être se
« sont dit : Voilà encore une espèce de bourgeois.
« — (*Rires dans l'auditoire.*) — Eh bien, laissez-
« moi vous le dire : Il ne doit y avoir entre nous
« que des malentendus.

« Ma profession m'oblige à parcourir la cam-
« pagne, accompagné le plus souvent d'un do-
« mestique ou d'un homme occupé à la journée
« pour m'aider dans mon travail. Il m'arrive
« souvent qu'au début il est très froid avec moi ;
« je suis à ses yeux le bourgeois que des politi-
« ciens lui ont dit être son ennemi. Quand nous
« avons pataugé ensemble des heures entières
« dans la boue, il n'est plus le même ; je ne suis
« plus à ses yeux l'ogre qu'on lui a dépeint, mais
« un travailleur. Dès lors il entre en confidence
« avec moi, et, avant la fin de la journée, je con-
« nais tous ses griefs contre le propriétaire qui
« me l'a donné. D'autre part, si je fais parler ce
« propriétaire, c'est un autre son de cloche, et
« la conclusion de tout cela, c'est que ces deux
« hommes entretiennent intérieurement des ma-
« lentendus qu'une franche explication dissiperait
« certainement. Je suis donc venu vous dire :
« Ouvriers et bourgeois, expliquons-nous de
« bonne foi et la paix sera faite entre nous. —
« (*Voix dans l'auditoire :* « *Si cela se pouvait ?* »)
« — Oui, cela se peut.

« Je me représente la société étagée sur les de-

« grés d'une échelle. Les bourgeois sont en haut,
« vous autres ouvriers êtes en bas et vous leur
« montrez le poing : il ne faut pas vous étonner
« s'ils ne viennent pas à vous. — (*Dans l'audi-*
« *toire :* « *Et vous, où êtes-vous donc placé sur*
« *celle échelle ?* ») — Nous, qui désirons la paix
« sociale, nous sommes sur l'échelon du milieu,
« disant à ceux d'en haut comme à ceux d'en
« bas : Expliquez-vous une bonne fois et faites
« la paix. »

Tel était, en résumé, le fond des allocutions
prononcées dans ces réunions dont le succès alla
grandissant, dû surtout aux éloquentes pérorai-
sons de l'avocat dévoué faisant partie du groupe.

La preuve que le terrain sur lequel on s'était
placé était bien le bon, c'est qu'un certain soir,
trois agents de désordre, se disant socialistes,
qui s'étaient introduits sans droit dans une de ces
réunions, demeurèrent stupéfaits qu'il ne fût pas
question de politique, ce qui ne leur permit pas
de débéller leur marchandise oratoire de haine et
d'excitations révolutionnaires ; ils partirent dé-
sappointés et ne revinrent plus.

A l'une des dernières réunions, il fut dit :
« — Messieurs, il faut conclure : Nous sommes venus vous proposer un traité de paix : il est signé,
ce n'est pas tout ; nous voulons vous prouver que
nous sommes vos amis en vous étant utiles de
quelque manière. Quels services pourrions-nous
vous rendre ? Vous n'êtes pas des indigents aux-

quels on fait l'aumône, vous êtes des travailleurs conscients de votre dignité ; que désirez-vous ?

— Nous ne souffrons qu'en temps de chômage, fut-il dit.

— Alors, s'écria quelqu'un, il faut créer une Caisse de chômage. »

Entrer dans les détails, intéressants cependant, de cette fondation, serait sortir de notre cadre. Il suffit de dire que la Caisse de chômage fut fondée, que le conseil d'administration, en tête duquel fut appelé un président alliant le tact à l'autorité, fut nommé et composé, en majorité, d'ouvriers ; ceux-ci eurent ainsi l'occasion de donner la mesure de leur intelligence et de leur dévouement, et ils la donnent fièrement en disant : « C'est notre œuvre et nous n'y sommes pas re- « légués au dernier plan. »

Des membres honoraires, bourgeois bien entendu, se sont fait inscrire en grand nombre et l'ensemble constitue un groupe où règne la paix sociale. C'est un précédent à imiter. La tête du conseil d'administration comprend des catholiques ne manquant aucune occasion de prouver que s'ils portent tant de dévouement aux ouvriers, c'est parce que, en tant que catholiques, ils mettent en harmonie leurs actes et leurs principes. Ce bon exemple porte ses fruits, car la mentalité en bloc des ouvriers de cette association, d'opposée ou d'indifférente qu'elle était à la religion catholique, est devenue sympathique. Tous les ans, un banquet réunit les administrateurs, les membres actifs et des membres honoraires. La paix sociale y est acclamée dans des toasts où le cœur parle autant que l'esprit ; dans ces toasts sont rappelées, aux applaudissements de tous, des maximes évangéliques, et plus particulièrement celle qui les résume toutes : « Aimons-nous les uns les autres. »

A cette occasion, un membre a cru devoir signaler le fait suivant, si édifiant dans sa simplicité : Un grand seigneur ayant donné sa démission d'officier de cavalerie en se mariant, sa jeune femme insista auprès de lui pour qu'il se rende utile au peuple par dévouement. « Ouvrez l'Evan-« gile, mon ami, lui disait-elle, vous verrez que « nous devons porter les fardeaux les uns des au-« tres, que nous devons nous aimer les uns les « autres, qu'un Samaritain ayant rencontré sur un « chemin un homme couvert de plaies, les banda « et y versa l'huile et le baume. Imitez-le. »

Le grand seigneur fit plus qu'imiter le Samaritain ; il s'astreignit à étudier la médecine, et, une fois muni de son diplôme, il ouvrit une clinique où il soigne gratuitement les malades qui se présentent.

Porter ces faits à la connaissance du peuple, c'est parler à son cœur et lui prouver que ses meilleurs amis sont des catholiques.

Si nous avons tous le devoir de travailler à un rapprochement social, il en est qui, par leur caractère et leur situation dans le monde, exercent une influence prépondérante et peuvent beaucoup plus que d'autres sous ce rapport. Tels sont le prêtre et le propriétaire foncier.

Le Prêtre.

Au cours d'un congrès diocésain, un vieillard rencontrant un curé de campagne, entre deux séances, lui dit :

« — Monsieur le curé, me reconnaissez-vous ?

— Non, Monsieur.

— Moi je reconnais bien en vous l'ancien vicaire de X.

— Oui, je l'étais, en effet, il y a une quarantaine d'années. Ne seriez-vous pas Monsieur Y ?

— Parfaitement. Depuis longtemps je pense souvent à vous, en raison surtout d'une discussion que nous avons eue à cette époque, et comme j'avais absolument tort, ce dont je me suis rendu compte depuis longtemps, je vous en fais publiquement l'aveu.

— Je ne me souviens pas de cela.

— Oui. Vous disiez : Pour faire le bien qu'il pourrait, le prêtre devrait se mêler au peuple plus qu'il ne le fait ; ne pas se borner, avec ses paroissiens, aux rapports obligés par l'exercice du culte, mais se rapprocher d'eux au point de vue économique, leur rendre des service tels qu'il ne soit plus seulement pour eux l'épouvantail se présentant à leur chevet au moment de la mort, mais l'ami sûr en toute occasion qui, par ce moyen, se rendrait sympathique et aurait naturellement le sujet de faire aimer la religion au lieu de n'en faire envisager les rites que comme des formalités indispensables que, seul, l'homme noir de la paroisse, le curé, a le droit d'accomplir. De mon côté, dans ma légèreté, dans mon ignorance plutôt, bien qu'ayant la foi, mais comme beaucoup d'autres l'avaient, consistant à aller porter des distractions à l'église chaque dimanche pendant une demi-heure au lieu de les avoir autre part, je soutenais que le prêtre était fait pour rester chez lui, bouclé dans sa sacristie. Je ne me doutais pas que je faisais ainsi le jeu de la franc-maçonnerie dont j'ignorais l'existence et par suite le but, qui est la destruction du catholicisme. Le savoir et l'expérience sont venus avec les occasions, les années, et dans mon repentir d'avoir été inconsciemment presque un adepte de la société secrète qui nous cause tant de mal, je crie aux jeunes : « Ne me ressemblez pas ; que les fautes des anciens vous servent de leçons ; allez, foncez sur l'ennemi et sauvez la société en péril. »

— Les discussions si intéressantes auxquelles nous assistons, au cours de ce congrès, prouvent combien j'avais raison. Ne nous désolons pas tant que cela des conséquences, surtout matérielles, de

la loi de Séparation. Cette réalisation maladroite
de Briand, selon l'expression d'un de ses amis, a
descellé nos lèvres et nous a rendus, contraire-
ment aux intentions de son auteur, une liberté
d'action impossible sous le Concordat ; usons-en
pour le bien et voyez, d'après cette assemblée
où des représentants de toutes les classes de la
société sont mêlés et viennent de fraterniser dans
le modeste banquet d'où nous sortons, quels es-
poirs de rapprochement social nous sommes en
droit de concevoir.

— Certes, tout ce que je vois et tout ce que
j'entends est très réconfortant. Pourvu que l'en-
tente à laquelle nous assistons, et due surtout à
l'ascendant de notre évêque, ait un lendemain, et
que les serrements de mains qui se sont échan-
gés aujourd'hui soient renouvelés dans les ren-
contres ordinaires de la vie ; ce serait la paix sociale. Monseigneur nous y a invités et, à ce sujet,
il a eu un mot charmant au début du banquet.

— Comment donc ?

— On lui a présenté un des grands propriétaires du pays. « — Monsieur, lui a dit Monsei-
« gneur, votre place est tout indiquée à la ta-
« ble d'honneur et je vous y invite, mais je vois
« là-bas un groupe de paysans qu'on m'a dit être
« vos métayers ; en allant vous asseoir parmi
« eux, vous serez mieux qu'à mes côtés, car vous
« mettrez en action les principes de fraternité so-
« ciale dont un éloquent exposé vient d'être fait

« au congrès. » Ce qui fut fait, à la grande joie des paysans.

— A propos, qu'est devenue mon ancienne paroisse depuis que je l'ai quittée ?

— Plusieurs curés s'y sont succédé ; un entre autres, partageant et pratiquant vos idées, franchement, cordialement, comme le peuple aime qu'on soit avec lui. Il ne restait pas bouclé dans sa sacristie, celui-là ; il parcourait souvent la campagne, et avisant un cultivateur dans son champ, il allait à lui, l'entretenait un instant de sa famille, de son exploitation, de ses récoltes, et, le quittant sur une poignée de main : « — A dimanche, lui disait-il. — Oui, Monsieur le curé, à dimanche. » Et le dimanche son église était bondée d'hommes.

« Il fut remplacé par un autre prêtre qui ne voyait pas son devoir autre part qu'à l'église. Malgré les attaches personnelles et sympathiques qu'il avait dans le pays, étant le fils d'un petit propriétaire campagnard des environs, il ne continua pas la tradition établie par son prédécesseur. N'entretenant plus les mêmes relations cordiales avec ses paroissiens, les hommes retombèrent dans l'indifférence et oublièrent peu à peu le chemin de l'église.

« Que voulez-vous ? Tant vaut le curé, tant vaut la paroisse. Les bons curés font les bonnes paroisses, a dit le Saint-Père Pie X à des prêtres français venus à Rome en pèlerinage. Le prêtre ne se doute pas de l'heureuse influence qu'il peut exercer sur le peuple, s'il sait agir avec lui, s'il écoute par exemple et met en pratique les conseils que lui donne l'abbé Roubiaux (voir sa brochure : *Les Baliveaux de chêne ou la question des bûcherons dans la Nièvre*) dans ces quelques passages :

« Toi, mon cher confrère, rappelle-toi le *Misereor super turbam* du grand modèle : Notre-Seigneur Jésus-Christ. L'Evangile ne le montre pas uniquement préoccupé des saintes femmes. Lui, Fils de Dieu, avait pitié de tous les petits : et sa pitié n'était point stérile : il les nourrissait, il les guérissait, il les ressuscitait.

« Toi, fils de l'homme, fils de bûcheron peut-être, l'onction du sacerdoce a rempli ton cœur de cette pitié divine. Prends-en conscience, non pas pour pleurer, mais pour agir. Le rideau plus ou moins pieusement brodé des saintes femmes ne doit pas cacher à tes yeux le reste du peuple ! Va, quitte la sacristie où la franc-maçonnerie voudrait t'enfermer. Dans la rue, dans les bois, dans les auberges, partout, tu trouveras des bûcherons. La Nièvre en est pleine !

« Fais voir à tous que tes yeux sont francs et tes mains loyales. Puis, rends service à tous, même à ceux qui paraîtront tes ennemis. Avec bonté et discrétion, ouvre à tous ton cœur et ton presbytère.

« Après avoir ainsi donné quelques gâteries à leurs corps, nourris leurs âmes, guéris-les, ressuscite-les !

« Si malgré ton dévouement, les bûcherons te donnent encore souvent des motifs de pleurer, que tes larmes soient bonnes !

« *Il faut que la bonté soit au fond de nos pleurs*, a dit un grand poète.

« *Bienheureux ceux qui pleurent*, a dit Notre-Seigneur Jésus-Christ. »

❖ ❖ ❖

Non seulement les prêtres doivent contribuer au rapprochement des classes par leur façon d'être avec leurs divers paroissiens hors l'église, mais également à l'église. Les cérémonies religieuses, les mariages et les enterrements principalement, sont l'objet d'un classement dont le peuple n'accepte pas toujours les conséquences sans murmurer.

Certain jour, un curé mariait une jeune fille de la bourgeoisie dont la conduite n'était pas digne d'éloges. Obligé de lui adresser des paroles d'édification, la cérémonie étant de première classe, il accomplit, dans la circonstance, un tour de force oratoire, en se tenant dans des généralités prudentes et opportunes. Néanmoins la mariée eut son discours. A quelque temps de là, le même curé mariait une jeune fille très vertueuse dont le père, brave et excellent homme, était obligé de compter. La bénédiction nuptiale fut donnée au jeune couple sans avoir été précédée du moindre mot d'à-propos. Un paroissien ne put s'empêcher d'en faire la remarque au curé qui lui dit : « — Que voulez-vous ? J'en ai été très « ennuyé tout le premier, mais l'usage, en raison « de la classe modeste choisie par la famille de

« la jeune fille, ne me permettait pas de la com-
« plimenter comme je l'aurais voulu. »

N'y a-t-il pas quelques modifications à apporter en pareilles circonstances ? Que la différence
entre les classes de cérémonies religieuses se
manifeste par plus ou moins de fleurs pour les
mariages ou plus ou moins de draperies funè-
bres pour les enterrements ; mais qu'au moins les
prières et les exhortations soient identiques. Si
le clergé entendait ce qui se dit sous ce rapport,
il aurait à cœur, à l'église, comme hors de l'é-
glise, de faire dire, en le prouvant par des actes,
que la religion catholique est aussi bien celle du
prolétariat que celle de la bourgeoisie ; il évite-
rait ainsi qu'on qualifie ses membres « d'hommes
d'argent fréquentant de préférence les bonnes
maisons ».

Bien des prêtres, ayant compris cette vérité, s'ef-
forcent de la rendre tangible en se rapprochant
du peuple par la création, à son profit, d'œuvres
admirables ; s'en remettant, pour les ressources
nécessaires et le succès, entièrement à la Provi-
dence, et pour le dévouement à leur cœur d'apôtre, ainsi que doit le faire tout vrai disciple de
Notre-Seigneur Jésus-Christ.

On voudrait pouvoir citer toutes ces œuvres,
tant elles sont dignes d'intérêt ; mais en cela,
comme en beaucoup d'autres cas, on est obligé
de se borner.

Il faut avoir assisté au congrès général des œuvres du Centre tenu à Nevers le 4 juin 1906 et y avoir entendu un curé de campagne, le curé d'Arzembouy (Nièvre), M. l'abbé Picq, aujourd'hui directeur des œuvres diocésaines du diocèse de Nevers, exposer modestement ce qui se faisait dans sa paroisse ; disons plutôt ce qu'il y faisait, pour avoir une idée de ce qu'est capable d'entreprendre un ministre de Jésus-Christ, fort de l'exemple de son Maître. L'imitant, c'est aux plus humbles qu'est allée sa charité, à ces domestiques ruraux, mal logés, si souvent en butte à l'indifférence mortifiante de leurs maîtres, vivant en somme dans une effroyable condition religieuse, morale et sociale. Aller à eux, éclairer leur entendement, leurs consciences et réchauffer leurs cœurs, réunir ces malheureuses unités éparses, les grouper dans une association où leurs individualités se sont fondues en un tout uni par la force et la sympathie, telle a été sa première et la plus urgente de ses œuvres. Il a traité ce sujet à la Semaine sociale de Saint-Etienne en août 1911 et mis à nu cette plaie sociale, de telle sorte que bien d'autres prêtres — et pourquoi pas tous ? — se proposent d'y porter remède.

L'avenir devra beaucoup aussi, tant au point de vue religieux qu'au point de vue social, à tous ceux qui ont fondé des patronages de jeunes gens, ayant jeté résolument ainsi à travers le champ immense de l'irréligion, envahi par l'ivraie, une graine d'élite qui germe à cette heure. Les premiers fondateurs des œuvres de ce genre où l'on poursuit exclusivement la formation de chrétiens intégraux, ont la joie de faire maintenant une moisson, de choix, car les anciens membres de leurs patronages, devenus pères de famille, y sont doublement attachés par eux-mêmes et par leurs enfants qui, à leur tour, les imiteront, mettant en pratique la parole du Créateur : « Croissez et multipliez. » A ce point de vue, le patronage dirigé depuis plus de vingt ans à Moulins (Allier), par M. le vicaire général de la Celle, est à citer en exemple.

Du reste, les prêtres dont l'onction du sacerdoce a fait de vrais descendants de saint Vincent de Paul, qu'ils soient chargés ou non d'un ministère paroissial, comme lui savent toujours enfanter des merveilles sociales d'ingéniosité et de dévouement.

Ici, c'est la cité ouvrière de Mulhouse, fondée en 1890 par le chanoine Cetty, le célèbre curé de Saint-Joseph de Mulhouse, dont le but en secondant l'effort des humbles vers le bien-être, est de restaurer la famille ouvrière, de reconstituer le foyer du travailleur, œuvre exclusivement populaire dans son origine, son but et son développement ; sa devise est : « Tout pour l'ouvrier, par l'ouvrier. »

Là, c'est l'œuvre sociale de M. l'abbé Poivrel : Le chantier, rue de Bercy, à Paris, comprenant :

Un patronage où plus de 800 enfants et jeunes

gens trouvent tout ce qui peut intéresser et rete-
nir la jeunesse loin des écueils de la rue ;

Un cercle ouvrier groupant les pères des enfants de ce patronage ;

Une conférence de Saint-Vincent de Paul ;

Une ligue sociale d'acheteurs ;

Des réunions hebdomadaires où des conféren-
ces sont données aux familles entières fréquentant
le patronage, etc., etc.

Ailleurs aussi, que de belles et de bonnes créa-
tions où se révèle l'esprit social qui anime l'E-
glise. — Aux apôtres à qui le peuple les doit, si
on demandait d'où viennent les ressources dont
ils disposent pour cela, ils pourraient paraphra-
ser la réponse de saint Pierre à un infirme et
dire : « Je n'ai ni or ni argent, mais ce que j'ai
je le donne, c'est la charité inépuisable de mon
Maître avec laquelle on pourvoit à tout. »

A l'appui de ce qui précède, le récit suivant, dû
à un pèlerin de Lourdes, a sa place marquée ici.

C'était en mai 1901, lors du grand pèlerinage
d'hommes à Lourdes.

Un train de pèlerins stationnait un matin à
Auch pour quelques instants seulement ; il allait
repartir quand un homme se précipita à la por-
tière du compartiment où j'étais en disant : « Par-
don, Messieurs, je ne retrouve plus mon wagon,
voudriez-vous me permettre de monter dans le
vôtre jusqu'au prochain arrêt ? Ouvrir à ce pèlerin fut aussitôt fait, et il s'assit en face de moi.

C'était un homme courant vers la cinquantaine, vêtu plus que modestement : de gros souliers, un pantalon bleu aux plis blanchis d'usure, une chemise d'étoffe grossière que le borax n'avait jamais glacée et, par-dessus, une blouse rayée à manches trop courtes d'où sortaient deux gros poignets noueux auxquels étaient fortement attachées deux mains durcies par un travail pénible ; en un mot un travailleur, un homme du peuple dans toute la force du terme.

Je n'avais, tout d'abord, jeté sur lui qu'un coup d'œil assez indifférent, mais je pris plaisir à l'observer quand, aussitôt installé, je vis ses regards s'élever, semblant chercher au delà des nuages qu'éclairait l'aurore, une sorte d'idéal et se perdre dans une méditation imprégnant sa physionomie, aux traits communs d'ailleurs, d'une touchante sérénité. Sa méditation achevée, il jeta un coup d'œil autour de lui, nous demanda si nous avions fait la prière et enfin si nous serions bientôt à Lourdes.

« — Il vous tarde d'y être, lui dis-je ?

— Oh ! oui.

— Vous n'y êtes jamais allé ?

— Jamais !

— Vous éprouverez là une grande joie. Le désir de ceux qui y sont allés est d'y retourner encore, toujours.

— Il y a longtemps que je désire aller à Lourdes, et puis, ajouta-t-il avec tristesse, je le dois.

— Vous accomplissez un vœu ?

— Je me joins à un pèlerinage de pénitence parce que j'ai à faire pénitence.

— Mais nous en sommes tous là.

— Oh ! plus ou moins. »

Puis les yeux pleins de larmes et la gorge serrée d'émotion, il ajouta :

« — Oui, j'ai plus que tant d'autres à faire pénitence car, tel que vous me voyez, il fut un temps, où, sans quitter mon vêtement de travail, mon tablier de peau, je courais à la gare de... (une localité de Saône-et-Loire dont le nom m'échappe) pour insulter les pèlerins de Paray-le-Monial et leur jeter des pierres ; le reste à l'avenant. C'est dire ce que j'ai été et ce que j'ai à me faire pardonner.

— Alors vous avez bien changé ?

— Si j'ai changé, je n'en remercierai jamais assez celui à qui je le dois. C'est un prêtre, un prêtre libre, venu un jour s'installer chez nous bien modestement, presque pauvrement. Peu à peu, il fit quelques connaissances dans le pays ; il était obligeant pour tout le monde. « — Venez « donc me voir, dit-il à quelques voisins et ame- « nez-moi vos amis, vos connaissances, nous cau- « serons. — Y viens-tu, qu'on me dit, un jour, « ainsi qu'à quelques autres de mon espèce ? « — Plus souvent que j'irais avec vous au- « tres ». Puis, l'envie de dire son fait à ce curé « me prit. « — Eh bien oui, j'irai », que je dis.

« Le soir, avant de partir, je repassai dans ma

mémoire tout ce que je savais de sottises, retenant
bien les plus salées, les plus basses, bien décidé
à les lâcher au curé s'il me parlait confession.
Une fois entré, je fis bêtement l'arrogant, j'at-
tendis l'occasion de lâcher mon venin ; mais pas
moyen, le curé fut si aimable, si bon que je me
dis : Il ne sera pas toujours comme ça ; gare la
prochaine fois. Oui, mais la fois suivante il fut
de même et je rentrai chez moi tout remué et à
la fin je fus tout chose, tout empoigné. Rien qu'en
nous parlant simplement, posément, des choses
les plus ordinaires, les plus à notre portée et intéressantes pour les gens du peuple, sans parler
de confession, car c'est là que je l'attendais, il
nous fit comprendre que l'amélioration de notre
sort et l'avenir de nos familles tenait à la pratique
de la loi de Dieu, et c'était prouvé comme deux
et deux font quatre. J'en suis arrivé à reconnaître
que jusqu'ici j'avais fait fausse route, et de bonne
foi je suis devenu croyant et pratiquant.

« Je dois à ce prêtre de m'avoir enseigné la
vérité et la justice, cette vérité et cette justice
dont jusqu'ici je hurlais les mots par les rues
comme un fou furieux sans les connaître, n'ayant
au cœur que la haine. Jamais je ne saurai assez
remercier celui qui m'a mis comme je le suis
dans le droit chemin.

« Nous sommes, dans l'endroit, un assez grand
nombre comme moi, tous ouvriers, allant chez
notre curé, comme nous disons ; et, pour être

surs de le garder, nous lui avons bâti une petite maison : ça fait qu'il est chez lui et chez nous. En nous gênant, nous y avons ajouté une petite salle de réunion ; elle n'est pas belle, mais ça ne fait rien, on n'y va pas pour la salle, c'est pour ce qu'on y entend, des choses sérieuses et à propos pour les ouvriers. Et puis il y a des jours où nous venons avec les femmes et les enfants, on s'y amuse honnêtement et tout le monde rentre content chez soi. C'est la bonne fraternité, comme dit notre curé, la fraternité enseignée par le Christ. »

Il allait continuer, mais le train s'arrêtant, il s'empressa d'aller reprendre son compartiment en nous disant : Au revoir !

Le surlendemain, je rencontrai cet homme sur l'esplanade de Lourdes, devant le Rosaire.

« — Eh bien, lui dis-je, vous êtes content ?

— Content. Ah ! Monsieur, dit-il en croisant les bras sur sa poitrine, jamais je n'aurais cru à cela si je n'étais pas venu ici. Tout de même, c'est bien beau la religion ! C'est bien bon de prier pour soi, on en a tant besoin, pour sa famille, et aussi pour les autres. Comment ne pas aimer la bonne Vierge venue ici pour nous y appeler. Et puis je sens qu'on est ici mieux qu'ailleurs porté à s'aimer les uns les autres, et à aimer quand même, — ils sont si à plaindre je peux en parler, — ceux qui sont ce que j'ai été. »

Voilà ce qu'un prêtre, mais un apôtre comme saint Paul recommandait de l'être, a fait d'un apache.

Après le prêtre, **le propriétaire foncier.**

Il est à présumer que beaucoup de propriétaires fonciers n'ont jamais bien réfléchi aux obligations attachées à leur qualité sociale. Possédant une propriété rurale, ils en tirent un revenu maximum autant que possible, qu'ils emploient à leurs besoins et à leurs plaisirs, le plus souvent loin du fonds qui l'a produit : c'est un droit ; ils l'exercent pleinement, et beaucoup seraient étonnés si on leur faisait remarquer qu'à ce droit sont inhérents certains devoirs. Ce n'est pas leur faute, c'est plutôt celle de la société qui, en général, voit comme cela. Ils croient très légitime de recevoir, sans penser qu'ils peuvent devoir. Et pourtant, la terre ne rend pas sans être cultivée par des hommes qui ne sont pas simplement des machines, qui ont des droits aussi, droit à la vie avant tout ; il est donc de toute justice qu'il s'établisse un juste équilibre entre les droits des propriétaires et ceux des cultivateurs.

Il y a lieu d'établir une distinction entre les propriétaires habitant la campagne, leurs terres surtout, et ceux qui n'y viennent pour ainsi dire jamais, ou qu'en passant, à l'époque de la chasse, par exemple., Les premiers peuvent se rendre compte des choses *de visu*, les seconds les ignorent ou en sont mal informés ; toutefois, aux uns et aux autres incombe le même devoir à l'égard des cultivateurs qui leur assurent leurs revenus.

« Propriétaires, écrit un auteur, pensez, avant « d'aller jouir dans les villes, pensez que vous « êtes une émanation de cette terre d'où sont sor- « tis vos ancêtres ; vos loisirs sont faits, si j'ose « le dire, du travail des paysans fermiers ou mé- « tayers ; ne vous désintéressez pas d'eux, ne « vous confinez pas dans votre individualité par « une sorte d'absentéisme social, ; associez-vous. « au contraire à leur travail, au moins par l'inté- « rêt que vous devez porter aux hommes et aux « choses. »

En faisant cela, propriétaires, vous établirez un lien social auquel sera sensible le peuple des campagnes, et vous mettrez un frein au courant néfaste de la dépopulation de ces mêmes campagnes. Les paysans sont des hommes après tout, désirant un peu de mieux-être, c'est tout naturel ; comment voulez-vous qu'ils ne cèdent pas au mirage trompeur de la vie luxueuse des villes, faite en somme de ce qu'ils font rendre à la terre, car tout en vient, alors qu'ils se sentent, pour ainsi dire, moralement abandonnés de ceux qui devraient être leur appui ?

Un mot malheureux se répète un peu partout : « La terre se meurt ! »

A qui la faute ?

Quand, il y a un demi-siècle, les progrès de la culture ont commencé la transformation agricole de la France, a-t-on songé, en même temps que s'améliorait matériellement le sort du paysan, à le moraliser aussi ? Presque tous les propriétaires ou fermiers n'ont eu en vue qu'une plus grande abondance de produits à partager avec lui, et n'ont songé qu'à augmenter leur bien-être ou à déployer un excès de luxe excitant son envie.

Il faudrait, dit un auteur, refaire la mentalité des habitants des campagnes. Comment s'y prendre ?

Il n'y a qu'un moyen : aller au peuple. Que les laïques, comme les prêtres, s'y mettent résolument, ce ne sera pas de trop, tant le mal est profond, l'enseignement laïque poussant à la désertion des campagnes.

Un jour, un instituteur communal, arpentant à grands pas la salle de sa mairie, s'arrêtait de temps en temps pour s'écrier :

« — Ah ! quel malheur ! quel malheur !

— Qu'est-il donc arrivé, Monsieur l'instituteur, dit un expert présent qui compulsait la matrice cadastrale ?

— Ah ! ne m'en parlez pas ! Figurez-vous que je viens de présenter plusieurs de mes élèves à l'examen pour le certificat d'études ; le plus intelligent et le plus instruit est le fils d'un paysan,

et son père veut malheureusement en faire un bou-
leur de terre comme lui.

— Et vous appelez cela un malheur : dites que
ce père est aussi prudent qu'avisé. Vous n'ignorez
pas que les villes regorgent de fils de paysans
ayant en poche leur certificat d'études et étant à
la recherche, pour la plupart, d'un maigre emploi
où le pain leur est mesuré. A ce propos, laissez-
moi vous dire ce que je tiens d'un des principaux
lauréats des concours agricoles de Paris. Au soir
d'un de ces concours, il dînait au ministère de l'a-
griculture. « — Eh bien, Monsieur le lauréat, dit
« le ministre, les progrès de l'agriculture prou-
« vent que les cultivateurs sont de plus en plus
« attachés au sol. — Détrompez-vous, Monsieur
« le ministre, répondit le lauréat, la plupart des
« enfants ayant obtenu un certificat d'études
« croient qu'ils ne sont plus faits pour travailler
« la terre, et ils la quittent. — Ah ! le certificat
« d'études, repartit le ministre, en se frappant le
« front, on s'en exagère la portée ; si c'était à
« refaire... Que voulez-vous, un retour en ar-
« rière est impossible. »

« Avouez avec moi, monsieur l'instituteur, continua l'expert, que le certificat d'études est loin
pour beaucoup d'être un certificat de capacité,
c'est plutôt un trompe-l'œil à déception. »

Si, par suite de l'indifférence des uns, ou de
l'absence de religion des autres, des fautes de ce
genre sont commises, l'esprit social de l'Eglise

qui anime les vrais catholiques, tend à les réparer. Tel a été le but de l'intéressante *Semaine
rurale* tenue à Lyon du 3 au 10 décembre 1911,
sur l'initiative de la *Chronique sociale de France*
et avec le concours des distingués et dévoués di-
recteurs du bureau diocésain de Bourg, MM. les
abbés Cottard-Joserand et Convert, afin de ra-
nimer dans les cœurs des jeunes ruraux, par les
bons moyens, l'amour de la terre. Les assistants
en sont revenus réconfortés et pleins d'ardeur
pour travailler, chez eux et autour d'eux, à la
rénovation sociale agricole de notre terre de
France. — Souhaitons-leur beaucoup d'imita-
teurs.

✤ ✤ ✤

Ensuite de ces considérations générales, laissons la parole à un ancien régisseur ayant beaucoup vu et beaucoup retenu. Des choses vécues
qu'il va nous apprendre il résulte que si des propriétaires ruraux ignorent encore leurs devoirs,
d'autres cependant sont à imiter.

Le premier devoir d'un propriétaire rural, dit-
il, est de loger ses gens sainement et moralement.
Sous ce rapport des progrès appréciables ont été
faits, mais il reste bien à faire ; du reste il y a
toujours à faire parce que les familles de cultivateurs variant dans leur composition, il faudrait
souvent peu de chose, mais quelque chose, pour
leur procurer les commodités nécessaires.

Un de mes amis, en me montrant une maison de métayers qu'il venait de construire, disait : « Ici seront les maîtres, là leurs enfants. De ce « côté seront les domestiques : hommes à droite « avec porte de communication extérieure, filles « à gauche avec porte d'entrée intérieure à portée « de la maîtresse de maison. Si mon curé trouve « que ce n'est pas une maison moralement dis- « tribuée, il sera bien difficile. » Mon ami habitait sa propriété : donc, il savait. Il accompagnait sa description de paroles et de gestes par lesquels il se plaisait à imiter le paysan, croyant ainsi se l'attacher davantage. Aller si loin est parfaitement inutile, bien mieux, absolument ridicule, le paysan aimant qu'on soit naturel avec lui, et non qu'on le parodie.

J'ai connu, ajoutait-il, un autre propriétaire très pratique, ancien parlementaire honoré de tous les suffrages de sa contrée lorsqu'il était candidat, parce qu'il savait faire, comme on dit, communément. A la fin de chaque hiver, il faisait une visite sérieuse de tous ses bâtiments, afin de mettre les ouvriers à l'œuvre partout où il y avait lieu de le faire : « Bonjour, père Jean, ou père « Pierre, disait-il, en entrant dans une maison « de domaine ; voyons, votre famille s'est aug- « mentée depuis l'an dernier, vous avez marié vo- « tre cadet. Qu'est-ce qui couche ici ? Et là ? « Très bien, je vois ce qu'il faut : en divisant « cette pièce en deux, en perçant une fenêtre

« ici, une porte là, ou : en ajoutant une chambre
« à la maison vous serez à l'aise. — Passons aux
« écuries. Qu'y a-t-il à réparer ?... »

Il ne faudrait pas croire qu'il faisait tout ce
qu'on lui demandait, attendu que le paysan va
quelquefois un peu trop loin en fait de demandes,
mais, en homme d'expérience, il faisait la part de
l'utile et celle du superflu ; l'utile était toujours
fait et les gens se trouvaient contents.

C'était bien le propriétaire modèle sous ce rapport. Pour l'être, il faut, comme il le faisait, voir
les choses par soi-même afin de s'en rendre
compte. — J'ai un garde, j'ai un régisseur diront
beaucoup de propriétaires restant chez eux ; soit
par suite de négligence, soit pour ne pas encourir
le mécontentement de leurs propriétaires en signa-
lant des dépenses supplémentaires de construction à faire, la plupart d'entre eux se tiennent
cois, le paysan crie et le bourgeois est envoyé à
tous les diables.

Et pourtant, la plupart de ces propriétaires négligeant d'aller de temps en temps chez leurs fermiers ou métayers, et par suite ne s'attirant pas
leur sympathie, sont de braves gens, généreux
autour d'eux, faisant largement l'aumône, sans
penser au sort des cultivateurs tirant de la terre
de quoi entretenir leur générosité. Chez l'un
d'eux, une métayère me disait : « Voyez, monsieur, où nous en sommes ; mon garçon a seize
ans et je suis obligée, faute de place, de le faire cou-

cher dans la même pièce que la domestique ayant le même âge. » Ailleurs, le propriétaire refusait une petite construction indispensable en déclarant qu'ayant limité sa dépense annuelle à tant, il n'irait pas au delà. Il céda néanmoins, sur l'intervention d'un tiers qui lui dit : « Si vous n'aviez « pas donné satisfaction à votre métayer, vous « auriez, Monsieur, mécontenté bien à tort un « brave homme, bon catholique comme vous, car « si vous étiez allé chez lui, vous auriez vu dans « ses écuries une niche où il a placé une statue « de saint Roch, mettant ainsi son bétail sous la « protection de son bon saint, comme il dit. »

Voilà à quoi s'exposent les meilleurs des hommes en négligeant de visiter leurs gens.

La preuve qu'il est bon de voir les choses par soi-même m'est encore fournie par la visite que fit récemment un propriétaire, un petit propriétaire, d'une ferme de peu d'importance dont il venait d'hériter.

Après avoir tout visité :

« — Où faites-vous donc coucher votre domestique, dit-il à son fermier ?

— Mon domestique ? Dans une petite chambre, là-bas, au bout des écuries.

— Voyons-la. »

Le propriétaire trouva cette chambre dans un état tel qu'il se dit : Je comprends qu'on se détache de la terre dans ces conditions. Et s'adressant au fermier : « — Vous allez sans tarder me

faire réparer très convenablement cette pièce. »
Lorsqu'un peu plus tard il retourna sur les lieux,
il trouva les choses en ordre. et la petite chambre
proprement tenue. La fermière avait eu à cœur
de rendre le lit très convenable et le domestique,
sachant lire et écrire, avait accroché au mur une
petite bibliothèque à trois rayons fermée par une
porte vitrée, où il avait rangé ses quelques livres.

Le propriétaire constata avec satisfaction que
ce domestique se plaisait chez lui et se félicita de
lui en avoir procuré les moyens.

A ce sujet, il est à propos de dire quelques
mots de la situation des petits bergers et des domestiques de ferme dans l'Ain, dont il a été parlé
à l'assemblée générale du Bureau diocésain tenue
à Bourg, le 7 février 1912, sous la présidence de
Mgr l'évêque de Belley.

M. Marius Gonin, le dévoué secrétaire général
de la *Chronique sociale de France*, l'un des pro-
moteurs de l'association des jeunes domestiques
de ferme du Forez, était, à ce titre, bien qualifié
pour traiter cette question, et il l'a fait d'une façon très intéressante dans une causerie bien do-
cumentée, comme l'était, du reste, l'enquête faite
sur le même sujet par M. Counil, directeur de la
Croix de l'Ain.

Il a su notamment mettre en relief, entre autres
constatations déplorables, celles de l'abaisse-
ment général du niveau moral chez les domestiques et petits bergers, de la corruption morale

des petits par les grands et de leur promiscuité
dans un couchage commun et répugnant. D'autre
part, M° Villefranche, avocat au barreau de
Bourg, a fait une communication très intéressante aussi, touchant cette question des valets
de ferme, au point de vue juridique, en propo-
sant d'améliorer la situation des petits bergers au
moyen du contrat de louage écrit.

Dans la discussion qui a suivi, l'assemblée,
ayant sondé la profondeur du mal, a été d'avis
de le combattre par tous les moyens possibles,
principalement par une action directe auprès des
fermiers, des parents, des régisseurs et des propriétaires.

Un campagnard de la Dombe, qui aurait dû
demander la parole, disait, en présence des déci-
sions de l'assemblée : « On n'a pas assez insisté
« sur l'obligation morale du propriétaire à cet
« égard. Là où il se donne la peine de visiter ses
« gens, le propriétaire peut, s'il le veut, exercer
« une salutaire influence sur les rapports entre
« les patrons cultivateurs et leurs domestiques
« grands et petits, rappeler aux uns et aux au-
« tres leurs devoirs réciproques et remplir le
« sien en leur procurant des logements — ques-
« tion importante entre toutes — où l'hygiène et
« la moralité peuvent être observées.

« En pareille circonstance, la femme aussi a
« un beau rôle, ou plutôt un devoir aussi à rem-
« plir, qu'elle soit directement propriétaire, ou

« femme de propriétaire, c'est de se rendre elle-
« même dans ses fermes et de conseiller, avec
« autorité, les femmes de fermiers sur les
« meilleures dispositions à prendre concernant
« l'hygiène et la moralité dans leurs logements.
« Sous ce rapport, la femme peut obtenir plus
« que l'homme... Je pourrais citer nombre d'ex-
« cellentes dames que le bon Dieu approuverait
« certainement de faire un peu moins de pèleri-
« nages à Fourvière, et quelques visites de plus
« chez leurs gens. Si elles voyaient elles sau-
« raient, et si elles savaient elles agiraient. »

Cette situation déplorable n'est malheureusement pas particulière au département de l'Ain.

Les propriétaires devraient savoir aussi que
lorsqu'on prend la peine de s'intéresser réellement au peuple, on en est rarement payé d'ingratitude.

L'un d'eux, propriétaire d'une grande forêt
dans laquelle il fait une coupe chaque année,
me disait : « — Dans la commune où sont mes bois,
nous avons fondé un syndicat agricole ; d'autre
part, les bûcherons ont fondé le leur que nous
appelons le syndicat rouge et que nous tenons en
suspicion. En vendant ma dernière coupe de
bois, j'ai dit simplement à mon marchand :
« — Parmi les réclamations des bûcherons, savez-
« vous qu'il y en a qui sont réellement fondées,
« vous devriez tout de même en tenir compte. »
Ce fut tout. Quelque temps après, un individu

endimanché vint chez moi, à la ville, demandant
à me voir. « — Que voulez-vous ? lui dis-je, je ne
« vous connais pas. — Monsieur, je fais partie
« du syndicat des bûcherons de R...; nous savons
« qu'en vendant votre coupe de bois vous avez
« dit à votre marchand que nous demandions des
« choses justes, et comme il en a tenu compte, c'est
« à vous que nous le devons et je viens vous en
« remercier au nom du syndicat. » Il ajouta :
« Monsieur, vous avez votre syndicat agricole,
« nous avons le nôtre ; si vous vouliez, nous n'en
« ferions qu'un, de cette façon nous marcherions
« ensemble, la main dans la main. »

Cette proposition de paix sociale faite par
un bûcheron payait amplement le geste de justice
ébauché par un propriétaire.

❂ ❂ ❂

Chez M. d'X..., qui avait l'œil à tout et se tenait en rapports constants avec ses gens, bien
que n'habitant pas sa propriété toute l'année, c'é-
tait mieux. Connaissant son administration toute
paternelle et sachant combien les cultivateurs
s'estimaient heureux de vivre sur sa terre, je lui
dis un jour : « — Monsieur d'X..., on parle beaucoup de la question sociale en ce moment, et des
moyens de la résoudre ; on n'a qu'à venir chez
vous pour la trouver toute résolue. — Ah !

combien vous me faites plaisir, me répondit-il.
Vous tenez le même langage que le sculpteur re-
nommé B... Comme parent de mon maître d'hôtel,
il est venu ici et y a séjourné quelques jours, pendant lesquels il faisait, sans en avoir l'air, une
sorte d'enquête auprès de mes métayers, et en
rentrant d'une de ses tournées : « — M. d'X...,
« me dit-il, la question sociale n'existe pas chez
« vous, car vos gens sont heureux ; ils vous ai-
« ment et vous êtes pour eux le bon maître ; s'il
« en était de même partout ? »

J'ai connu une excellente dame dont l'administration était aussi paternelle que celle de M. d'X...
Elle était fière de dire : « — On demande bien à
entrer chez moi, mais on ne demande pas à en
sortir. »

Chaque dimanche, à la sortie de la messe, elle
voyait tout son monde et avait un mot d'à-propos
pour chacun. Arrivée à un âge avancé, elle leur
dit : « Mes enfants, mes jambes ne me permet-
tent plus de stationner sur la place, mais ma
maison est ouverte à tous ; que ceux qui ont à me
parler viennent quand ils voudront. » Elle habitait une commune située aux portes d'une
grande ville où les élections sont toujours un
triomphe pour la franc-maçonnerie ; mais chez
elle, grâce à son heureuse influence, le contraire
avait toujours lieu malgré les efforts des fortes
têtes de la ville. Il n'est pas si difficile qu'on le
croit d'avoir le peuple avec soi.

Les audiences sans façon accordées par cette bonne dame au sortir de la messe, me rappellent une anecdote y ayant trait, rapportée par un journal. Si le fond n'en est pas absolument véridique, elle n'en est pas moins vraisemblable. La voici.

Le descendant d'une lignée de grands propriétaires était maire de sa commune, comme l'avaient été son père et son grand-père. Aux dernières élections, il ne fut même pas élu conseiller municipal ; d'où une stupéfaction de sa part dont il ne revenait pas.

« — C'est ta faute, lui dit sa mère.

— Comment cela ?

— Oui. Tu avais, un temps, l'habitude d'assister à la messe de 10 heures, à laquelle vont les hommes de la commune. A la sortie de la messe, vous vous retrouviez tous ensemble, échangeant un bonjour, une bonne parole, une poignée de mains ; tu trouvais ainsi naturellement, sans la chercher, l'occasion de rendre des services aux uns et aux autres et d'y gagner leurs sympathies. Ta femme et toi avez trouvé que ces entretiens se prolongeant parfois, nous déjeunions à des heures impossibles, ce qui contrecarrait vos projets d'après-midi ; alors vous avez pris l'habitude, pour être plus libres, d'entendre la messe de 8 heures. Les gens de la commune ayant besoin d'un service ne te voyant plus, se sont adressés à l'instituteur qui, étant ton ennemi, les a détachés de toi, c'est tout simple. »

● ● ●

Dernièrement, c'était fête dans une petite commune. On y célébrait le cinquantenaire, comme maire, du châtelain de l'endroit, et, de plus, la sympathie de ses administrés pour lui, ne lui permettait pas de prendre sa retraite comme il l'aurait voulu. C'est que ces cinquante années de sympathie — fait assez rare pour être cité — correspondaient à cinquante années de dévouement intelligemment pratiqué. Le secrétaire de la mairie du lieu gagnait facilement son traitement, car le maire faisait en grande partie toute la besogne, ce qui lui permettait de se tenir constamment en rapport avec les habitants de la commune et de ne pas manquer, en cas de besoin, de leur rendre service. — Tout est là pour gagner de l'influence. — En cas de recensement, il le faisait lui-même, se rendant à domicile et visitant tous les foyers ; par suite, c'était l'homme de tout le monde et tout le monde l'appréciait. Sans doute on n'acquiert pas une telle popularité sans quelque peine, sans de la gêne parfois, mais on en est largement récompensé par le bien fait aux autres comme à soi-même et par conséquent à sa patrie.

La chasse est aussi, pour les propriétaires fonciers, un sujet d'être jalousés ou secondés dans ce plaisir champêtre. Le propriétaire qui sait faire, quand il est en chasse, offre de temps en temps à une métayère une pièce de gibier, un lapin ; c'est peu de chose, mais cela fait plaisir ; alors les gens de la ferme se font conservateurs du gibier. Si le chasseur garde tout pour lui : « — Ah ! c'est donc ça, disent les paysans, nous nourrissons le gibier sans jamais en profiter ; qu'il devienne ce qu'il pourra. »

Et beaucoup ne se font pas faute de le détruire au besoin, en y ajoutant des aménités de mauvais aloi à l'endroit des chasseurs.

Autre chose. Le propriétaire devant le bon exemple, car l'exemple part toujours de haut, qu'il évite de se livrer au plaisir de la chasse le dimanche, à l'heure de la messe de la paroisse où il se trouve. S'il fait le contraire, se dispensant même d'entendre la messe, autant dire aux paysans qu'il n'y a aucun compte à tenir des préceptes religieux. On se plaindra ensuite qu'ils sont impies. Ah ! le mauvais exemple !...

◆ ✤ ✤

Yves Le Querdec, dans son roman social : *Le Fils de l'Esprit*, a créé un type idéal de propriétaire foncier dans la personne de Norbert de Péchanval. Les idées de ce jeune noble qui a compris son époque et entend travailler pratiquement à faire la paix sociale autour de lui, ne sont pas acceptées par son excellente voisine Mᵐᵉ de Xandré, bonne dame d'un autre âge croyant encore à l'influence des classes dirigeantes qui ne dirigent plus rien, car il suffit qu'elles fassent appel à ce prestige évanoui pour être battues sur tous les terrains, terrain électoral surtout.

Norbert, très pratique, vivant au milieu de ses gens, avait sondé leur esprit de routine et leur antipathie, disons vrai : leur haine pour le propriétaire. Ayant compris comment il serait possible de les ramener de si loin et de remonter un tel courant, il forma avec eux une association de culture où il apporta une part importante d'intelligence, d'initiative raisonnée dans les progrès agricoles les mieux entendus et les plus productifs, guidée par un esprit de justice sociale relevant après tout des enseignements du Sermon sur la Montagne.

« Pour éteindre les haines et les défiances populaires, disait-il à Mᵐᵉ de Xandré, les gens bien pensants n'ont su rien faire ou à peu près rien en dehors de la charité. Charitables, certes, ils l'ont été de façon généreuse et admirable ; mais cela socialement, ne leur a servi de rien.

« Depuis deux ans, Madame, que je vis au milieu des cultivateurs, je constate qu'ils sont assoiffés et affamés de justice et de respect. Ne vous apparaît-il pas que si nous arrivions à persuader par notre conduite, par nos paroles, par nos actions, tous ces braves gens que nous les respectons, que nous les tenons vraiment pour nos frères, que nous ne voulons rien leur imposer de force, mais que nous voulons véritablement leur bien, fût-ce au prix de nos peines, de nos ambitions ou même de notre amour-propre, il serait impossible, pensant, parlant, vivant, agissant en chrétiens, que nous ne finissions pas par regagner la confiance perdue ? »

Et Mme de Xandré n'acceptait toujours que sous réserve cette théorie sociale, à laquelle elle n'était pas préparée.

Norbert, fidèle à lui-même, regagna, c'était logique, la confiance perdue, à tel point que, grâce à son influence, un candidat libéral triompha, à la première élection, du candidat sectaire de la préfecture.

Au soir de cette élection, il était au chevet de Mme de Xandré mourante, qui l'avait fait appeler pour le féliciter avant de quitter cette terre et lui dire : « — Oui, il faut savoir faire. Vous savez faire, Norbert, vous savez faire, nous n'avons pas su... »

Laissons donc faire ceux qui savent ; secondons-les, imitons-les.

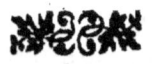

Un dernier mot.

Le prêtre, le propriétaire foncier, et tous ceux qui occupent une situation au-dessus de la moyenne dans la hiérarchie humaine ne sont pas les seuls à devoir concourir utilement aux assises de la paix sociale ; mais tous, autant que nous sommes, pouvons et devons, quelle que soit la place que nous occupons ici-bas, y apporter, sinon notre pierre de taille, du moins notre grain de sable.

Nos rapports journaliers et réciproques ont pour principal objet la production, l'échange, la vente ou l'achat ; ce sont autant d'occasions répétées journellement d'aller au peuple, ou de voir venir à nous quelques-uns de ses membres, occasions dont nous devons profiter pour exercer la justice. Rappeler à ceux qui sont au sommet de l'échelle sociale leur devoir à cet égard, c'est bien, facile surtout ; mais nous qui occupons les autres degrés de cette échelle, sommes-nous moins obligés de remplir les nôtres ? Comment le faisons-nous ?

Ne donnons-nous pas cours trop facilement à des désirs, à des exigences irraisonnables dont nous rendons victimes nos semblables ? Étant tous acheteurs, consommateurs, ne sommes-nous pas ainsi la cause souvent irréfléchie de souffrances que nous pourrions éviter au monde du travail ?

Posons-nous souvent à nous-mêmes cette question.

Vraisemblablement, si, en pareille circonstance, un conflit intérieur est porté devant la correctionnelle intime siégeant en notre conscience, elle ne manque pas de nous acquitter ou de rendre en notre faveur une ordonnance de non-lieu ; mais si la cause est portée devant la cour d'appel qu'est l'opinion publique, il n'en est plus de même. Il faut entendre ceux qui souffrent, se plaindre plutôt intimement que publiquement — car ils ont encore à ménager ceux dont ils se plaignent — pour se faire une idée du bien fondé de leurs doléances.

Parfois les gouvernants se décident à intervenir ; le Parlement édicte une loi à propos, telle que celle du repos hebdomadaire par exemple ; mais il arrive que beaucoup de fabricants et de commerçants, pressés par l'exigence de la clientèle, ou poussés par l'appât du gain, sollicitent des dérogations à cette loi qui finissent par leur être accordées, de telle sorte que, de dérogation en dérogation, d'une loi essentiellement humanitaire il ne restera, dans quelque temps, que la lettre, à l'état de lettre morte.

Ah ! le repos hebdomadaire, le repos du dimanche pour les catholiques, comment est-il observé, bien qu'étant une loi de l'Eglise ?

A une de ses clientes qui lui recommandait de ne jamais travailler pour elle le dimanche, une couturière disait : « — Quand j'étais jeune fille, j'avais mes dimanches à moi, je pouvais assister aux offices, maintenant c'est souvent un jour où je ne m'appartiens pas ; et dire qu'ordinairement je suis obligée de faire travailler mes ouvrières le dimanche — et il faut les entendre maudire les clientes — pour des personnes fréquentant l'église. Une circonstance me permit d'en parler à un prêtre qui en fit le sujet d'un de ses sermons, mais il ne fut guère écouté. »

Que de questions brûlantes à trancher entre vendeurs et consommateurs, questions auxquelles sont intéressés les travailleurs de tous ordres trop souvent traités en forçats pour la satisfaction de nos aises.

On parle souvent, à ce propos, d'intervention légale. On projette, en effet, de faire bien des lois touche-à-tout, réglant ceci ou cela, qui seront au moins autant d'occasions de caser nombre de fonctionnaires. Il est à craindre que ces louables intentions n'échouent dans la pratique, l'Etat s'efforçant de plus en plus de détruire, chez les enfants, la croyance en Dieu qui, mieux que ses gendarmes, est gardienne des justes lois. On arrive toujours par quelque moyen à frauder, à vivre en marge des lois écrites ; il n'en est pas de même d'une loi morale inscrite au tréfonds de la conscience et à laquelle on obéit par devoir ; de la loi de Dieu, par conséquent.

La fondation de la Ligue sociale d'acheteurs de France, due à l'initiative de Mme Jean Brunhes, en 1902, a été un admirable effort dans ce sens, car cette ligue est une association libre qui, faisant appel à la conscience de chacun, a pour but de développer le sentiment de la responsabilité sociale de tout acheteur dans la situation faite aux travailleurs et de susciter des améliorations dans les conditions du travail.

Le cadre de ce modeste exposé ne permet pas de s'étendre sur cette organisation sociale si bien comprise, mais il suffira pour intéresser quiconque au but qu'on y poursuit de dire succinctement qu'entre autres obligations, tout membre de la ligue doit :

Chercher, dans ses actes, à éviter à ceux qui travaillent pour lui, tout excès de peine et toute souffrance inutile ;

Chercher, dans ses relations avec ses fournisseurs, à satisfaire à la justice;

Ne jamais faire une commande sans demander si elle ne risque pas d'entraîner le travail de la veillée ou le travail du dimanche ;

Toujours éviter de faire ses commandes au dernier moment, surtout aux époques de presse ;

Payer ses notes régulièrement et sans retard.

Donc, entrer dans la Ligue sociale d'acheteurs de France, c'est aussi répondre à notre appel, c'est aller au peuple !

Moulins. — Imprimerie Et. Auclaire.